Grass 1

我的青春、我的 FORMOSA I　　縫上新舌頭

著：林莉菁

責任編輯　連翠茉
行銷企畫　吳凡妮
....
社　　長　郭重興
發行人兼
出版總監　曾大福
出　　版　無限出版
　　　　　電子信箱：service@bookrep.com.tw
發　　行　遠足文化事業股份有限公司
　　　　　地址：231新北市新店區民權路108-3號4樓
　　　　　電話：（02）2218-1417　傳真：（02）8667-1891
　　　　　電子信箱：service@bookrep.com.tw
　　　　　網址：www.bookrep.com.tw
　　　　　郵撥帳號：19504465遠足文化事業股份有限公司
　　　　　客服專線：0800-221-029
法律顧問　華洋法律事務所　蘇文生律師
印　　製　中原造像股份有限公司
初　　版　2012年 9月 1日
初版11刷　2013年 7月26日
定價　　　250元
ISBN　　　978-986-88265-3-3
版權所有‧翻印必究　缺頁或破損請寄回更換
歡迎團體訂購，另有優惠，請洽業務部（02）22181417分機1120、1123

國家圖書館出版品預行編目(CIP)資料 |　我的青春、我的FORMOSA．I，縫上新舌頭／林莉菁著．-- 初版．-- 新北市：無限出版：遠足文化發行, 2012.09
　　面；　公分．--（Grass；1）　ISBN 978-986-88265-3-3（平裝）　855　　　　101015784

我的青春
我的FORMOSA

I.縫上新舌頭

ㄓ　ㄔ　ㄕ　ㄖ　ㄦ

我們的青春、我們的福爾摩沙、我們共同的未來
Lán ê chheng-chhun, lán ê Formosa, lán kiōng-tông ê bī-lâi

周婉窈　（台大歷史系教授）

　　這是林莉菁小姐的自傳性漫畫書，主人翁是她自己，描寫戒嚴下成長的「我」到醒悟的歷程。她所描寫的，是很多人的共同經驗，和我自己的經驗頗多雷同之處。讀後，我感到很驚訝。那些共同的經驗，我不驚訝，驚訝的是，竟然延續這麼久！我是歷史研究者，很重視「世代」概念及具體世代的經驗。林莉菁小姐小我十七歲，那是很大的年齡差，也就是說，我上大學一年級時，她才滿一歲；她讀大一（1991/09），開始「醒悟」時，我剛在海外取得博士學位，開始第一份教書工作。這本漫畫書，讓我更真切地了解到黨國教育札札實實、徹底影響了兩個世代的台灣人。它讓我驚訝的同時，也讓我感覺台灣的路加倍難走了。

　　主人翁的很多經驗，和我個人很相似。比如，我從小被認為很會畫圖。學校老師要我臨摹張大千的仕女畫，畫了好幾幅，據說唯妙唯肖，節慶時被單獨闢室展覽。我也畫過「保密防諜」畫，得了全校的大獎，被張貼在布告欄。不同的是，那是蠟筆畫，我畫半夜，在某個街角，背景是房屋，有個人拿著手電筒，照到一名臉上長滿鬍渣的匪諜。我猜想，那手電筒打出的三角形黃色亮光，大概讓老師們覺得很有意思。我是嘉義人，學校派我去參加全縣小學生美術比賽，我們在嘉義公園寫生。我從來不知道我們嘉義有個畫家叫作陳澄波，嘉義公園是他最愛的題材之一，畫過好多幅嘉義公園的油畫。林莉菁小姐大學才知道有「這號人物」，我大概要到研究所，或甚至更晚才知道陳澄波，更更久之後才看到他的畫（就個人生涯而言，我比較慢，但客觀時間應該比阿菁

早）。我的一位耶魯大學的朋友，優秀的台大理科學生，畢業後留在美國工作。前年她回台探親，在書店看到我的《台灣歷史圖說（增訂本）》的封面，才第一次看到「陳澄波」三個字。年過半百的她，很驚訝台灣曾有過這樣的畫家和油畫，而她非常喜歡藝術，參觀過無數美國和歐洲的博物館、美術館，熟悉很多西方畫家和他們的作品。

我和主人翁最明顯不同的經驗是，我的世代還沒有日本漫畫，我們看《四郎與真平》。我的世代，聽不到日語──除了長輩私下講，和一年才配幾部的日本片。那些 chanbara 片曾讓我們魂牽夢縈！另一個比較屬於個人性的不同是，我從來沒學會「ㄓㄔㄕㄖㄦ」，到現在還保留「鄉音」。這本漫畫書第一冊總題是「縫上新舌頭」。這當然是個比喻，但若認真去想那場景，其實是血淋淋的。作為生物的人，割了舌頭，就死了。但是，在「人的世界」，割了舌頭，縫上新舌頭，不只不會死，還獲得新生──前程燦爛的新生。我之所以沒試著割舊縫新，原因很多，不宜在這裡剖析。就我聞見所及，自割自縫頗為普遍，不過，也有不少人是父母替他們割、替他們縫。晚我幾屆的一位學妹（啊，忘了提，莉菁也是我台大歷史系的學妹），據說她的父親，本省人，從小訓練她講標準國語，後來當了「人人羨慕」的電視新聞主播。直到今天，我還是常覺得我們的教育在我們腦中置入了一個軟體，當有人（尤其是女性）把「國語」講得很標準、很漂亮時，我們就會自動轉譯為「真、善、美」。再大的謊言，都是那麼甜溜，容易滑入人們的耳膜內。

在這本書中，作者用天平的意象，具體呈現戒嚴時期「國語」如何透過教育、媒體、社會名流，一層又一層壓過母語，取得絕對的優勢，它也是人在社會往上爬的必要條件。母語、鄉土文化在這過程中，被不斷「低俗化」，低俗到不行，更不要說那根本不能教的台灣歷史了。我記得：研究所第一年的某個夏日，我和幾個同學站在研究生研究室聊

天，話題不知怎麼的，牽涉到台灣的歷史，當時一位博士班學姊坐在書桌前用功，突然轉過頭來，鄙夷地說：「那麼低俗的東西，有什麼好研究的？」空氣突然凝住，談話就此中斷。我心頭受到很大的撞擊，很想回嘴，但是，在那個時代，你連如何抗辯，都找不到語詞。當時我被認為是歷史系的優秀學生，講不出話的我，告訴自己：「如果我有比別人優秀的東西，我要拿來研究台灣歷史。」直到很多年後，那個人生的「定格」都還恍如昨日。記憶力很差的我，卻再清楚不過記得我站立的位置，也記得我穿短袖襯衫。那位學姊是本地人，研究中國輝煌燦爛的某個朝代。在那個時代，你連如何反駁都「失語」，而且沒有人期待你能反駁。能讓本地高材生鄙夷自己的歷史文化到這種地步，不能不說這樣的教育太成功了。反過來說，所謂「高材生」很多時候就是這麼一回事。

我們看歷史，可以大致看出獨裁專制統治有一套馴化被統治者的方法，通常分三個步驟或階段：一、武力血腥鎮壓，二、動用國家機器（情治、檢調、司法、中央媒體等）對付異議分子，三、教養效忠政權的新世代。聰明的統治者懂得血腥鎮壓不能長期做，但第二和第三同時進行最有效，尤其是透過教育，教養孩童、青少年相信統治集團的統治神話和統治意理，最能確保「長治久安」。本書主人翁和我親身體驗的是這個階段。究實來講，這是一套賞罰機制，由於罰很可怕（入獄、處死），賞的效果更顯得高（成功、利益、躋身主流）。在這樣一個賞罰過程中，人們當然會往賞的這一邊靠攏。高招的統治，根本不用讓人看見罰，就能成功吸收新生代成為絕對的效忠分子。

在讀這本漫畫書時，剛好在網路上看到一部伊朗短片《2+2=5》。故事很簡單，講在一個教室中，老師教導少年學生 2+2=5，有一位學生堅持 2+2=4，結果老師叫進來三名優秀學長，威脅他，但他遲疑之後仍

寫 4，結果被射殺，身上的血噴到黑板上。老師擦掉 2+2=4，再寫一遍
2+2=5，要學生不斷複誦，並抄到筆記本上。這個短片，怵目驚心。它
非常明確描繪出，權力如何透過鐵腕，讓錯誤變成真理。這個影片有
一幕是，這個少年回頭面對同學，左右手各伸出食指和中指，合在一
起，再明顯不過，就是 4 根指頭。也就是說，你「親眼」看到的就是
2+2=4，怎麼可能是 5？另外兩幕特別值得深思：一、當那個學生堅持
2+2=4 時，同學要他不要給大家找麻煩。二、影片最後，一個學生（只
看到手）在筆記上用鉛筆記下 2+2=5，過了一會兒，我們看到他用力劃
掉 5，在一旁寫上 4。前一幕，告訴我們，不妥協的人最先承受的壓力
往往來自同伴。最後一幕，是暗示總有人無法接受非真理嗎？或許導演
要我們在最暗黑的時代仍要心存一絲希望？這我不確定，但我知道，當
2+2=4 能再度寫到黑板時，不知道要經過幾個世代、犧牲多少人？

短片《2+2=5》是專制／獨裁／集權統治的「簡明版」──簡單而容
易明瞭。相信觀眾看了這部短片，很容易抓到它想傳達的訊息。但是，
真實世界的專制／獨裁／集權統治，往往是拉長版、變形版、烏賊版，
遠為複雜、迂迴、混淆、細緻，難以一目了然。當它成功時，這樣的統
治還會被文人美化為「溫柔的力量」。

在專制獨裁體制下──學者稱我們戒嚴時代的版本為「威權統
治」，由於賞罰天差地別，不服從、不接受洗腦的人一定愈來愈少，終
至於消滅殆盡；反之，服從統治，甚至自動當它的爪牙的人一定越來越
多。驅吉避凶是人性之常，這也是「暴政未必亡」的原理，甚至可以
hold 四、五十年之久。因此，我們不應該去問何以人們支持暴政，反
倒要問：面對酷刑、牢獄與處決，何以還有人持續堅持「2+2=4」？為
什麼「承平的世代」在歷經鋪天蓋地的強力洗腦之後，還會有人醒悟？
自動接受洗腦的林莉菁，若不醒悟，應該比較正常。因此，我們要問的

是：為什麼她醒悟了？這其實是個謎。是什麼力量拉住她？當她到小店，用非常標準的中文買糖果時，老闆突然問說：「（台語）你是外省囝嗎？」她拔腿快逃。主人翁自道：「……努力把中文學好，卻被認為是外省小孩，照理說我應該感到欣慰，因為我是正港中國人，但為什麼心中卻帶有些苦澀？」很多人的確會沾沾自喜，但為何林莉菁反而好像羞愧得不得了？因為偽裝了什麼？或背叛了什麼？很值得深入分析，但我不是專家，容我跳過。倒是我發現有一個力量一直在拉住主人翁，那就是鄉土。

主人翁喜歡歌仔戲、布袋戲，自自然然受到感動，但她同時跟著主流社會鄙視台語，這顯然非常矛盾，她說她從小學起，就開始過著「雙面人生」。被鄙視、被打壓的鄉土，卻好像還能在幽暗角落召喚著人們。我想起一位外省第二代的台灣人，他是位學者，曾在公開場合說，有一天他在異鄉聽到台語老歌，突然淚流滿面，就在那一刻，他知道他是台灣人。我們不是在這裡宣傳福佬主義，我想如果他在客家庄長大，那麼，讓他流淚的可能就是有客家味的東西了。總之，語言聯繫著鄉土，那是來自於生命的感情——對孕育自己的土地無法割棄的感情。被鄙棄的鄉土，最後竟然是我們的救贖。

鄉土、母語，以及附著在其上的感情與文化，是無法取代的。聯合國教科文組織（UNESCO）認定鄉土和母語是不可剝奪的人權，原因在此。強迫別人用自己的舌頭講話的人，很難了解喪失母語的痛苦；母語遭受打壓的人們比較能同病相憐。在戒嚴時期，不只是福佬話、客語，原住民語言也受到很大的斲傷。幾年前，我在網路上，看到魏德聖導演二分鐘的《賽德克・巴萊》短片。那是我第一次聽到賽德克語，那種顯然舌頭轉動方式很不一樣的語言，讓我潸然落淚。後來我認識幾位同年齡層的賽德克朋友，他們的兒女都已經無法講賽德克語——講幾

句寒暄話不算，一個語言要能用來表達思想和感情，才算「健在」。我的一位語言學家同仁預測，賽德克語將在五十年內消失。我看過一些推測的方法，比較悲觀，我認為，三十年後大概就消失了。我和賽德克朋友 Dakis Pawan（郭明正）先生說：「如果我們都能活到八十歲，那麼，我們就會看到這個語言死亡。」我之所以要這樣講，是因為：如果我們不去想像那不可逆轉的後果（景況），就不會積極想辦法去復振它。我們討論創設原住民族語學校的必要性。我說，台語（福佬話）在台灣雖然看起來很多人在講，其實也很危險。愛開玩笑的 Dakis 先生說：「如果我們都能活到八十歲，那麼，我們就會看到台語在加護病房啦！」說的也是，如果以台語為母語的台灣人，無法用台語來表達思想和感情，那麼，它的死亡也是指日可待。本書的主人翁努力學習「媽媽的語言」──客語，很令人感佩。台灣各個族群就是要有這樣的精神，才能保住這個島嶼的人文多樣性。

在下冊的第 8 章結束的地方，作者提到「蝸牛」的數學習題：蝸牛每天走 X 公分，晚上下滑 Y 公分，要幾天才能爬到牆頭？她說，台灣的民主進程「看似前進，卻又有強大的反挫力量向下拉扯。」我很同意作者的看法。許多徵兆和數據顯示，我們的自由度的確在倒退中。台灣在 1987 年 7 月 15 日解除戒嚴，但別以為解嚴，我們就自由民主了。不是的。解嚴之後，白色恐怖的三大殺手鐧「動員戡亂時期臨時條款」、「懲治叛亂條例」、「戡亂時期檢肅匪諜條例」，在一連串政治運動的激烈抗議中，才終於在 1991 年廢止。1992 年刑法一百條修訂，台灣才成為一個思想自由有基本保障的社會。這樣算來，才二十年啊！問題在於，我們沒落實轉型正義，所以處處是危機；關於這個問題，由於我在別的地方已經寫過了，在此不再多談。總之，在我們的自由、民主、人權的核心價值還沒真正穩固時，威權時期的很多東西都彈回來了，而且是以國家機器的規模在反撲！這其實也是可以了解的，今天掌握台灣國

家大權的很多人，在戒嚴時期是青年黨國菁英，在台灣民主化的過程中，站在反威權運動的對反面，他們可能不甘不願接受威權的解體，可能從來沒真正肯定自由、民主、人權的價值（鍾鼎邦案就是明證），更不要說多元文化觀了。當他們再起時，我們能期待他們會捍衛民主社會的核心價值嗎？

最近香港人激烈反對中國強力推行的「國民教育」，提出「反洗腦」的總口號，讓我很驚訝。我很難想像，我們社會用這樣強烈、鮮明的字眼來批判黨國教育。原因可能在於，戰後被洗腦的世代已經對「洗腦」這回事失去敏感度（而且，成功被洗腦的人如何反洗腦？），而香港人頭一次碰到，比對過去的教育，特別難以接受。我猜想，他們若這關沒撐住，過了一個世代，大概也很難高舉「反洗腦」旗幟而能號召數萬人上街了。被複製成功的人會再去複製別人，而且當社會上升的管道就是要通過被複製，面對這樣一個結構性機制，要突破很困難。有時我去參加學術研討會，聆聽受西方進步思潮影響的學者，開足火力，用「再複製」理論批評某事某物，我在觀看他／她發言的同時，忍不住感覺他們其實最該批判自己，因為他們是成功複製的最佳範例。或許，哪天林莉菁小姐可以用漫畫呈現這一幕。

「謊言」無疑是這本漫畫書的主題之一。戒嚴時期，我們共同接受了無數的謊言，到現在仍有很多人不認為那是謊言。我唸書時，十二月二十五日放「行憲紀念日」，放假當然很高興，又剛好是聖誕節，加倍高興。但是，這部憲法，甫一「行憲」（1947/12/25），重要條文就被「動員戡亂時期臨時條款」（1948/05/10）凍結了，一凍結就四十三年，在台灣從沒真正實施過。但是，我讀書時，每逢行憲紀念日，政府大事慶祝，學校也跟進（校長升旗講話等）。我還記得，我會特地剪下報紙的社論，仔細閱讀，並予以保存。現在想起來，實在可笑。但是，

可笑歸可笑，這樣長達四十年的身體和思想規訓，不會有影響嗎？當然有，而且可能比我們估量得還深遠。這是為什麼現在的執政者動不動就拿憲法來鎮嚇國人。我想，多數國人，一聽到「憲法」，心理上一定先立正，一聽到某事「違反憲法」，一定認定該事絕對錯誤。但是，如果憲法無法保障人民的基本權利、規範國家的權力，我們要這部憲法做什麼？就如同，如果我們的政府無法捍衛人民在海外的人身安全，我們要這個政府做什麼？國家是為人民而存在，但在黨國時代，人民是為黨〔其次才是〕國而存在。當台灣歷史必須符合這部憲法時，蝸牛不知滑落到哪裡去了？

蝸牛的習題，現在更難計算了，因為「中國因素」加進來後，改變了很多「原理」。我在蘇拉颱風來襲前讀這本漫畫書稿，之後又讀了一遍，剛好是全國學生發動「我是學生 我反旺中」行動的前後，看到下冊第 8 章封面幾個大字「MONEY MONEY MONEY」，感觸特深。這是我們今天面臨的最大危機之一。有人說，台灣人最難過「錢關」，中國因素加進來之後，情勢更加嚴峻。就像母語復振問題一樣，我認為我們一定要「預先」看到滅亡的景況，我們才有足夠的意志力去保存它。在這裡，讓我們「預設」哪一天台灣淪為一個區，我們將聽到有人（學者？）洋洋得意說：「你看，你看，我們的民意基礎雖然才百分之八到十，但是你看我們還不是贏了，哈哈！某某、某某……族繁不及備載，都在祖國的統一大業中立下汗馬功勞！誰說商人無祖國？讓我們向偉大的民族英雄敬禮！」然後我們抬頭看著飄揚在原總統府頂上的 XX 旗，失語……。

這本漫畫書，很有趣，但它是嚴肅的，探討很多重要的議題，包括選舉買票、記者專愛報五四三等，給我沈重之感——老家的親友說 2012 的大選一張票賣五百元；我們的新聞就算面對嚴肅問題還是很五四三，而且不給看國際新聞。這本書的讀者，想必很多是解嚴之後受教育的，

我不知道你們會怎樣看這本書,應該不會有我這個世代的沈重感吧。我個人只看過戰後老舊的漫畫,不熟悉日本漫畫和其他新型態漫畫,因此,沒資格就漫畫論漫畫,我只能說,這本書以很生動有趣的畫面和筆法,成功捕捉到戒嚴下的時代風貌。希望這本漫畫書能以漫畫本身吸引你,在這同時引領你了解台灣從戒嚴到民主化的坎坷歷程,也體認到捍衛我們的生活方式的重要。我們社會的自由民主還不完美,很有改善的空間,但在這個基礎上,我們還能前進;如果倒退到不可逆轉,那麼,再要有個林莉菁毫不被檢查地描述你們這個世代的際遇,不知何年何月了?

戒嚴時期的黨國教育非常成功,足足影響兩代人,這本漫畫書可以讓我們知道,那樣的教育教養出來的人,信仰什麼、認同什麼、唾棄什麼。目前掌握台灣前途決定大權的正是來自這第一個世代,而且多數是統治集團的血緣和精神後裔。明白這個局面,就會知道:台灣未來的路真的不好走。如果你不想噩夢成真,那麼,讓我們不分世代,一起努力,克服難關,走出我們 Formosa 應有的前程。

2012/08/05

我們到底是誰

小野　　（作家）

　　今年（2012）倫敦奧運中華隊似乎表現得讓人失望，更讓人失望的是，好不容易踢出了一面銅牌，有觀眾拿出了一面青天白日滿地紅的國旗揮舞時，立刻被安全人員搶下來。由於搶奪方式過於粗暴，我國駐英代表立刻抗議。

　　對於這樣的事件，我們已經司空見慣了，但是我們要如何向我們的兒孫們解釋這一切？說我們不是一個「正常」的國家，我們不是一個「健康」的國家？還是乾脆說，我們是一個「精神錯亂」的國家，所以要住在精神病院接受治療和照顧？記得我的孩子讀小學時，地理試題問我國的南方是那裡時，我一時也無法給出正確答案。是台灣南方的屏東還是中國大陸的海南島。

　　於是我就要從頭說起。從馬關條約說起，從日本人統治台灣的態度說起，從日本戰敗投降國民政府派人來接收台灣說起。從共產黨擊敗國民黨在中國大陸建國說起。通常說到這裡時孩子們已經昏昏欲睡了。當我們的孩子拿著中華民國的護照出國後就會發現，有些海關人員會以為你是填錯了國籍，他們只知道這世界上只有一個中國，國名是中華人民共和國。如果你要解釋我們來自台灣，他們多半會以為是泰國。

　　我們小時候反而沒有這種錯亂，那時候課本上說我們是中國人，中國大陸是我們的，現在只是暫時被萬惡的共匪竊據了，總有一天我們會反攻大陸解救鐵幕裡的大陸同胞。我們才是龍的傳人。台灣？不准

說「台灣」這兩個字。台灣並不存在，我們是生活在一個不存在的小島上，它不是我們的家，我們的家在遙遠的地方。當有一天我們開始認同自己是台灣人時，有些人感到痛苦，因為從小我們認為自己是中國人，就像更上一代的阿公阿媽已經相信自己是日本人一樣。

那，我們到底是誰。當我們的選手參加倫敦奧運時，我們還得非常認真的尋找他們在高大人潮裡的蹤影。他們射箭，他們打桌球，他們舉重，他們踢跆拳，他們在每個不起眼的夾縫裡想拼著命想露出臉來站出來。當他們輸了，我們靜靜的看著他們落寞的背影離開殘酷的競技場時，忍不住會小聲的喊著，不要氣餒啊，我們還要更努力。因為我們要讓全世界看到我們！

這本書值得你看，因為那正是我們從成長的錯亂到自我認同的過程，是我們共同的命運。

從矛盾中開花

楊 翠　（作家）

　　林莉菁以成長小說的敘事策略，純真犀利的孩童視角，素樸潔淨的漫畫筆觸，鮮活地繪寫出我們這個世代複雜扭動的記憶圖譜。

　　五、六年級生，是國民黨黨國教化最成功的世代，對我們而言，「蔣總統」是專有名詞，「中國」是唯一的世界，我們真的相信，唯有吸吮國民黨豐沛的奶水，我們才能成長茁壯。

　　然而，到了八○年代，世界風雲變色，我們的世代，分裂成兩種族類。一個族類持續相信，或者說，寧願選擇相信威權體制的幽魂；而另一個族類，則面臨、也面對了分裂與矛盾。

　　林莉菁繪寫出這群分裂者的心路，暴露出島嶼歷史的衝突與矛盾。我們的身體裡，其實混雜著各種族裔血脈，拼貼許多文化密碼，唯有面對混雜，接受矛盾，才是島嶼的真正出路。

　　從另一個角度來看，《我的青春，我的 FORMOSA》是作者的自省之作，也是一個六年級生的懺悔行旅。黨國教化的模範生林莉菁，重新翻整自己的歷史意識，把被威權植入的記憶晶片，徹底從意識底層挖掘出來。這本歷史漫畫，無論從文本的結構，或者從作者的思惟流動，都是一段深刻的探掘行旅。

　　上冊取名「縫上新舌頭」，富有深意。書中，「新舌頭」有三個主

要意象：斷裂、改造、矛盾。被縫上新舌頭的世代，無論語言、認同、世界觀，都被迫與前世代斷裂，新的威權體制，讓我們以自己的阿公阿媽為恥，藉此抹消島嶼的記憶地圖。不僅是舌頭被改造，島嶼的記憶晶片被重置，更代表整個世界觀被改寫，我們捨棄小江山，在威權體制所給予的廣大地圖上，熱情地標示自己的存在座標，虛擬的秋海棠敘事，透過每天的升降旗、每一次課堂、每一個字語，不斷催眠，終於成為我們的意識與血肉。

　　林莉菁勾勒出威權體制的改造工程，暴露了島嶼記憶的斷裂傷痕，但也彰顯出島嶼文化基因的矛盾本質，一個島民，可能同時想望中國大江山、漠視台灣，卻又熱愛本土歌仔戲、迷戀日本漫畫。

　　在《我的青春，我的 FORMOSA》中，矛盾，既是島民的青春烙印、島嶼的文化體質，也是我們的生命泉源。上冊「縫上新舌頭」以蔣經國的死亡作結，具有實質性與象徵性意涵，連結下冊「惡夢醒來」，在「新舌頭」時期所埋下的矛盾，終於成為島嶼的養份，遍地開花。

　　矛盾的台灣，是好的，矛盾的世界，是好的，這個世界不需要統一，不應該統一，每一種花，都有大口呼吸、用力開放的權利。矛盾是我們的資產，文化密碼多元共存，島嶼才有豐饒的文化地景。

恨自己。愛自己

楊雅喆 （導演）

　　光看封面就怵目驚心。
　　「縫上新舌頭」。
　　真有這樣的酷刑嗎？是的，只是我們麻痺不自覺。

　　一八九五年，馬關條約簽訂，祖先開始被迫學習日語。擁有日本姓名、向天皇鞠躬的家庭才有翻身的機會。
　　一九四九年，國民黨撤退來台，台灣人捲起舌頭講起北京話。ㄓㄔㄕ不分的孩子會遭到處罰。
　　一九八五年，美國好萊塢電影大舉入臺，從此而後我們莫不以George、Mary 互稱而感到驕傲。

　　一次次台灣人不斷不斷的被馴化各個執政者所要的模樣，卻從來不曾作自己。當另一種外來文化相較起來「比較高尚」、能夠得到更多的好處，「痛恨自己」的出身就是一件容易的事情了。

　　割掉舌頭原本只是個馴化手術，但造成「痛恨自己」的各種併發症始料未及；儘管一度曾經用「不要崇洋媚外」來鞭打國民、大喊「愛用國貨」來凝聚民族信心，但潛意識裡我們更害怕「台客」、「台味」這樣的字眼冠在自己的身上會招來一身俗味……

　　幸好，這幾年我們終於知道過去自我貶抑的後遺症可以用「愛自己」來治療，我們才開始反省、學習瞭解這塊土地多樣的文化。

然而長期的扭曲已久，並非一朝一夕就能夠找到自己真正的樣貌，我們仍在摸索、找尋台灣文化的定義。

　　紀錄回憶是為了避免威權幽靈重返，獨立自主的自由意識並非如空氣一樣，生來即有。因為有過去數十年、百年文化上的流離失所，台灣人該長什麼樣子、擁有有什麼個性，新一代的台灣人正在形塑。

　　過去恨自己容易，未來學習愛自己、找到真正的自己的路途還很遙遠。

我們和台灣民主的青春

張鐵志　　(時評人)

　　這確實是我們這一代人，以及好幾代台灣人的青春回憶錄，或者政治啟蒙路。

　　我和作者同一世代（出生差一年），雖然我和她出生背景不同，我是台北外省小孩（是的，很天龍），但不論是台北還是屏東，我們同樣是在一套統治者精心編織，但現在看起來如此荒誕可笑的謊言、如此愚蠢的意識型態灌輸下成長。並且同樣地，我們在走入大學後（我們都是1991年大學），才真正開始認識什麼是二二八、白色恐怖、陳文成、林宅血案，那滲著血的歷史長河，開始痛恨威權體制和掌權者的不義。

　　我們的大學時期，是台灣的後解嚴時期，舊的壓迫與制度正在崩解，但未來的方向還不確定。彼時，台灣新民主還面臨軍人干政的威脅，以及族群矛盾的高潮（作者描繪了1994年台北市長選舉的激情與瘋狂）。然後，隨著我們大學畢業長大了，台灣的民主似乎也跟我們一起成長了。

　　當然，還有許多故事沒有被寫完。我相信，作者和我一樣曾為了反對黨拿下市長而掉淚，或者在2000年為了五十年來首度的政黨輪替而激動不已，後來也對這個總統感到痛心失望。

　　但我也相信，我們這些從黑暗與謊言中成長的世代，不會放棄對民主的信心。

我的青春
我的FORMOSA

I.縫上新舌頭

林莉菁◎著

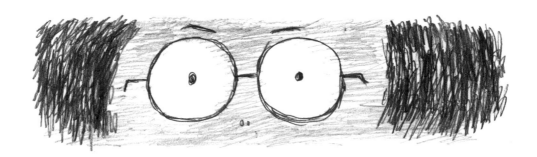

1

我以阿公阿媽為恥

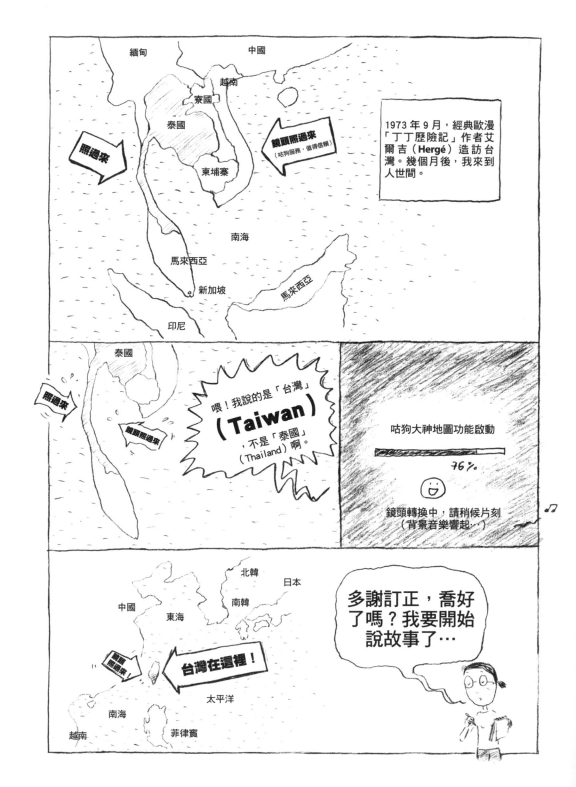

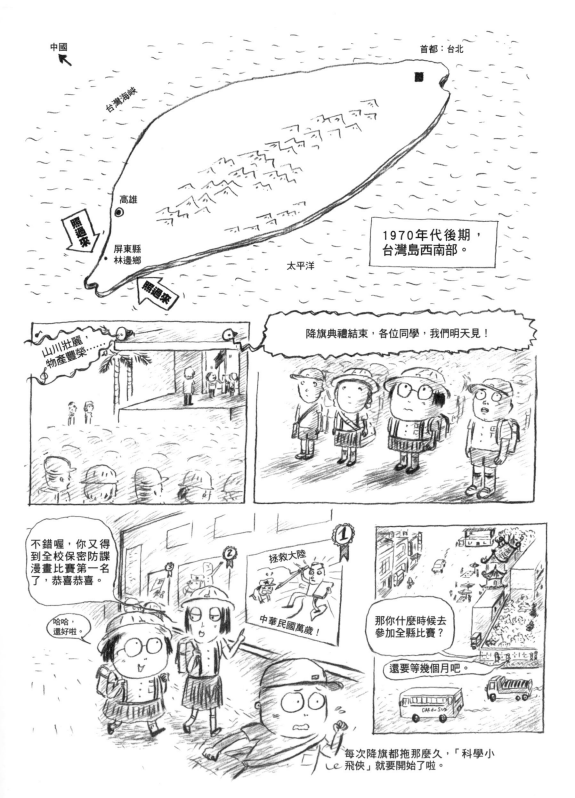

23

我生長在屏東小鎮，一個典型的三代同堂家庭裡。

再見。

打倒俄寇，
反共產，
反共產…

♪こぶし咲くあの丘

わからない

北国の春…♪

消滅匪幫，殺漢奸，殺漢奸…

（日文歌曲—「北國之春」）

♪季節が都会では

わからない…♪

24

阿嬤喜歡日文老歌，但我可就敬而遠之了。

27

在學校我和同學不斷練習著愛國歌曲，比賽時，我們想像自己像個士兵，
威風凜凜地大步前進。

這類台灣人是日本殖民統治**塑造的奴才**！

也不想想蔣公率領國軍浴血抗日八年，才讓台灣得以光復。居然還有人認為日本時代比較好，**實在荒唐至極**！

當時，我並不了解什麼叫做「殖民統治」。

不過，我知道「奴隸」或「奴才」的意義。

印象中的「奴隸」是這樣子的…

像美國小說《山姆叔叔的小屋》描述的……

台灣是因中國戰爭失敗（1894年）割讓給日本。
五十年後，阿公阿媽依舊喜愛日本文化，讓我覺得好可恥。

長久以來，這樣的羞愧感盤據心頭…

而那時候的我，只知道台灣是中華民國的，我們都是炎黃子孫……

當時的我不知道，真正背對歷史的人是自己。

救人啊
讀我吧
正義何在？
真理何在？
台灣歷史真相
三二八屠殺
極機密
恐怖檔案
治灣台灣英文
滾開啦
羞恥感
不能說的秘密
禁忌

我於是，慢慢地變成了所謂的「中國人」。

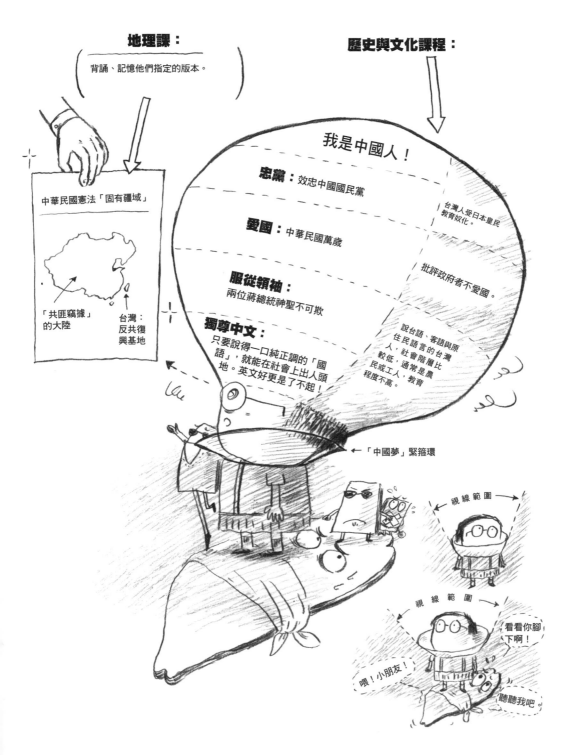

41

2

縫上新舌頭

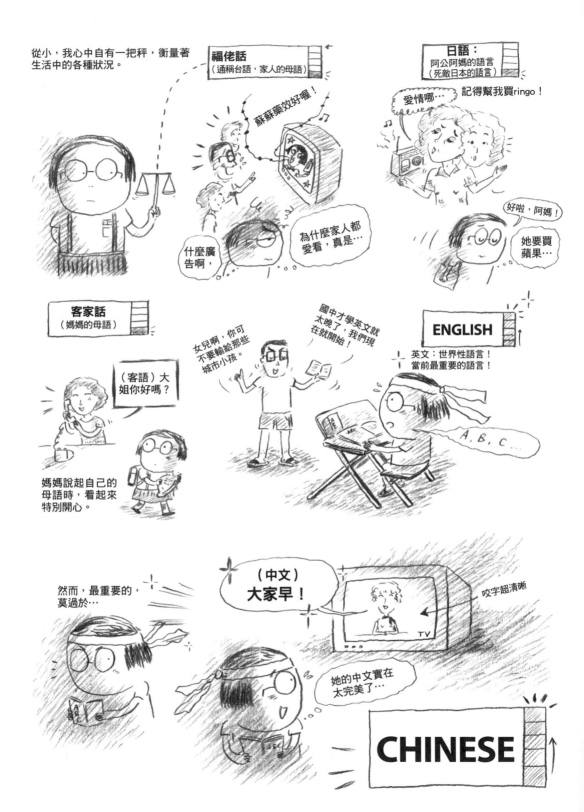

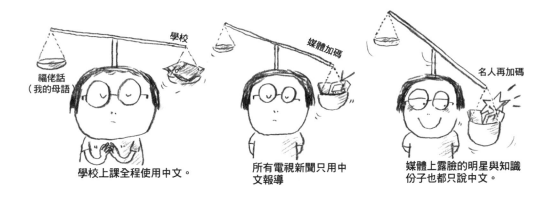

福佬話（我的母語）

學校

學校上課全程使用中文。

媒體加碼

所有電視新聞只用中文報導

名人再加碼

媒體上露臉的明星與知識份子也都只說中文。

大家來學中文…

ㄓ　　ㄔ　　ㄕ　　ㄖ　　ㄦ

我試著學好這門官方語言，如果我的中文可以像主播說得那麼好，未來我在社會上將受人敬重。

把中文學好，我就可以晉身社會上「有格調」的階級。

這樣一來，就不會有人知道我來自南部——媒體眼中的粗鄙之地。

中文

中文

中文

（日文）歐依係！

（台語）阿菁，呷飯啊。

（客語）再見！

啊，我們敬仰的李主持人…

每日一字

（國樂放送）

（中華電視公司）

毫無口音、咬字清晰的中文

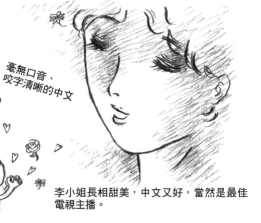

李小姐長相甜美，中文又好，當然是最佳電視主播。

其實電視上人人都像李小姐一樣，一口好中文，他們是觀眾的榜樣。

哇，他們可以上電視，表示他們一定很強…

而這些人，通常是所謂的「外省」族群。

他們隨蔣介石政權來台。

呼，總算逃過一劫。

1949

他們並非都是蔣氏獨裁政權的共犯，有些人甚至也遭受白色恐怖之害。

從現在起只能說中文！

救命…

那麼我們的母語呢？

雖然不是所有的外省人都心向蔣政權，但整體大環境提供他們許多有利條件。
當初來到台灣的外省族群什麼口音都有，但就是比台灣腔調來得「高級」。

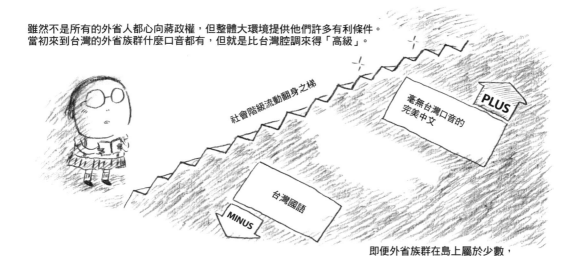

社會階級流動翻身之梯

PLUS
毫無台灣口音的
完美中文

台灣國語
MINUS

即便外省族群在島上屬於少數，
但在政界、大眾媒體卻具有影響力。

嗯！

該死的敵人！

台語

客語

日語

ㄓㄔㄕㄖ

從小，我就知道選哪邊站。

永別了，爸媽與阿公阿媽的語言，這粗鄙的方言。
把中文說好，對我日後事業發展更有利，我才不要
這該死的南部口音。
我要成為正港的中國人，才能一輩子飛黃騰達。

我是個戴著中國面具的台灣小孩。

ㄓㄖㄈㄛ

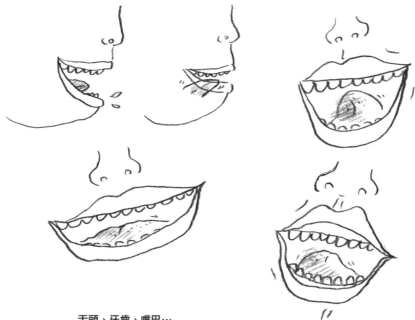

舌頭、牙齒、嘴巴…
它們努力合作以製造出完美的中文發音，而我是操弄
這些器官的出色小師傅。

我不斷地鍛鍊這些器官，成為出色的語言技師。

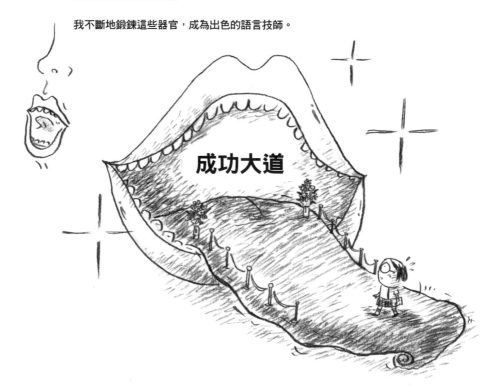

成功大道

大家都來
說中文喔…

客家話
台語

國語

49

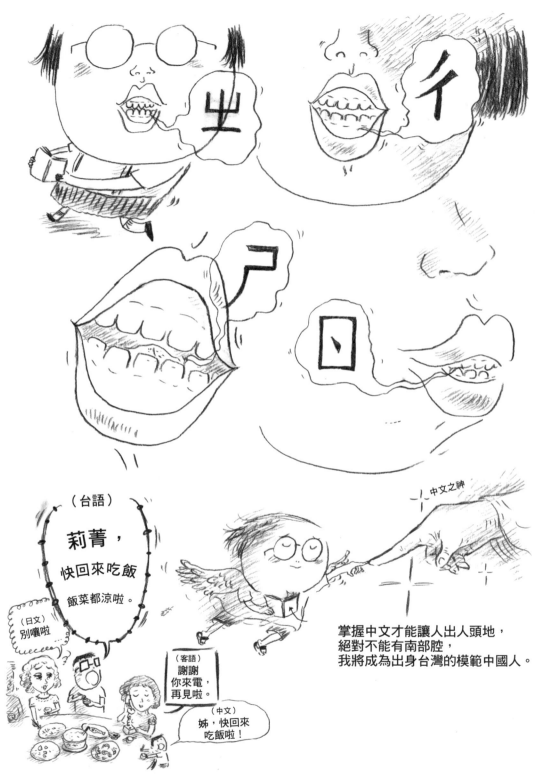

50

雖然我不像李主播是外省人，但我的中文將會說得跟她一樣好。

中文好，會給班上那個外省男生好印象。

外省族群的媒體形象總是很正面；

在台灣社會佔有一席之地。我要向他們看齊。

大學畢業後，我會離開這座島嶼。

拿到美國優良大學文憑…

恭喜！

52

53

為什麼他會問我這個問題？
我不是外省小孩啊。

我的祖先們好幾個世紀以前就移民台灣，其中可能有人與原住民通婚生子也說不一定…阿公阿媽、爸媽跟我，我們都在台灣出生長大。

是因為我的中文說得太字正腔圓了，所以他才這麼問？還是只是隨口問問，沒有別的意思。

我，我試圖迎合著社會主流價值的標準…

……我努力把中文學好，被誤認是外省小孩，照理說應該感到欣喜，表示我是正港中國人了，但為什麼心中卻帶有些苦澀？

3

討厭日本鬼子，
愛死日漫！

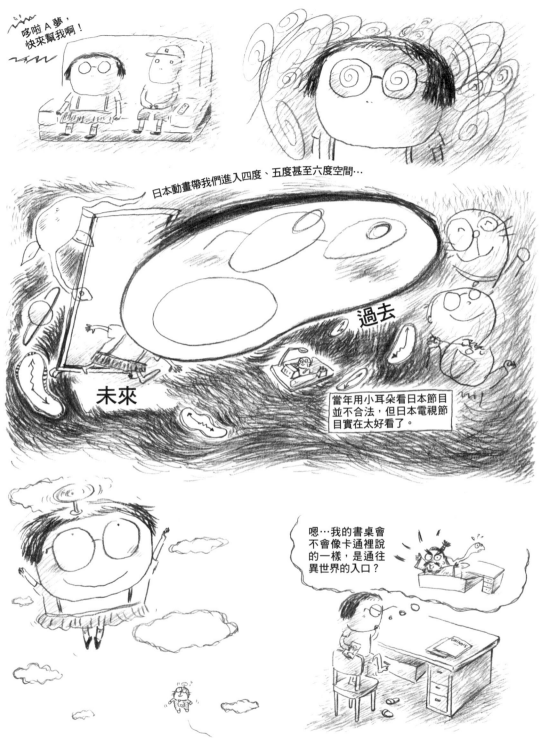

面對多采多姿的日本通俗文化，我毫無招架之力。

凡爾賽玫瑰

日本殖民統治台灣許久,但阿公與阿媽卻深愛著日本文化,讓我覺得很可恥。
而我自己接觸到日本通俗文化,也絲毫不想抵抗。日本漫畫、卡通、電視節目與明星等等,實在是個太有魅力的國度。

可是,身為中華民國在台灣的小學生,我該如何選擇?我究竟應該厭惡日本,還是熱情擁抱它?

除了工商產品外，日劇與其他文化產業更
能直接打動人心，它們跨越了語言與文化
國界，獲得日本以外的觀眾共鳴。

此外，那時候中午則有電視布袋戲可看。每個角色都有自己的個性，還常以外國西部片配樂當入場音樂，架式十足。

神明生日時，廟口也看得到布袋戲現場表演。

某某布袋戲團

棉花糖

忠義
俠客傳

拜電視之賜，看得到台灣的傳統戲曲，還有歌仔戲。

台灣歌仔戲
天王巨星
楊麗花

歌仔戲用台語演唱，雖然台語當時普遍被認為不入流，我還是愛看歌仔戲。

楊麗花

葉青

黃香蓮

我尤其崇拜歌仔戲小生。

楊麗花始終是台灣最傑出的歌仔戲小生，你覺得葉青會紅多久嗎？

不曉得耶…你看，她的扮相好俊美喔。

喂，小姐，這些小生可都是貨真價實的**女人**啊。

真迷人！

好帥喔。

管他的…

古裝髮型自己來⋯

準備道具⋯

在家我也可以扮演歌仔戲！

愛人棄阮啊⋯
（台語）

啦啦啦⋯

⋯珠淚垂⋯

啊⋯褪色ㄟ
戀情啊⋯
（台語流行歌曲）

啊

⋯悲傷碎心戀⋯
（台語）

台語流行金曲

心頭沉重，
珠淚滴⋯

⋯悲傷碎心戀⋯

我一直很矛盾。我喜歡用台語表
演的傳統戲曲，但同時又跟著社
會主流輕視台語。

雖然學校與社會大環境要我們鄙視台灣文化與日本文化，但它們豐富的內涵與美感讓我難以轉身而去。

於是，打從小學起，我就開始過著我的雙面人生。

4

保防漫畫我最行

有人開玩笑說，鋼琴可能是台灣最風行的樂器，堪稱台灣「國樂」。無論是否自願，跟我同世代的小孩可能都有機會碰過鋼琴。

爸媽也跟著潮流走，於是這座龐然大物也進駐我們小小的客廳。

2009年，媽媽去上了她生平的第一堂鋼琴課。

我跟牧師娘學琴，感覺很不錯呢。

還好你去學琴，要不然家裡面沒有人會去碰這台鋼琴了。

認真點！

可是，對小時候的我而言，彈琴並非愉快的事⋯

我是家裡第一個孩子，爸媽
盡力提供我各種資源。

孩子啊，雖然你不是
男生，但老爸還是會
給你最好的。

即使我們住在庄腳所
在，我們也絕不讓你
輸在人生起跑點上！

查某ㄟ或查
埔ㄟ，對我
來說攏同款。

1974

我家跟台灣大多數家庭一樣……

鋼琴課

莉菁，
輪到你囉。

注意指法。

來，再彈
一次。

大家早！

柔道課

我翻！

林莉菁，給
我重來！

嘗試過各種才藝班後,最後爸媽想到了
另外一招:繪畫課。

好玩的是,教室附近有基督教家庭聚會,
還唱台語聖詩哩。

當時不少老師在外開設補習班,陳老師
也不例外,他教授素描與水彩。

阿公阿媽買給我的日本漫畫，也是我
臨摹的對象。

我還會拷貝故事書的插畫。家中藏書涵蓋東西方，甚
至有一套經典歐漫「丁丁歷險記」（Tintin）。老實說，
繪畫班、故事書與漫畫，都比學校課程來得有趣許多。

台灣家長深信教育是子女出人頭地的重要投資。藝術創作向來不被看重，藝術工作者的地位也一直不如醫生或律師
等。大人會說：藝術玩玩可以，不能拿來當飯吃。但為什麼這些「沒用」的東西這麼有趣呢？

自學有成，讓我成了班上的小小藝術家。

還在班上舉辦畫圖比賽…

你們用什麼風格參
賽都可以，日漫或
自創的都行。

（1979年）保密防諜漫畫比賽

打倒萬惡共匪！

反共必勝！建國必成！

三反五反

林莉菁繪

我常邊上課邊偷畫圖。而保密防諜漫畫比賽時，我不但可以正大光明地作畫，還因此獲得學校獎勵。

水深火熱的
↓ 中國大陸

中國

中共

中華民國

台灣

（壞）

（好）

↑「自由中國」

共匪繪圖
範本

要暴政必亡

要夠壞

要夠邪惡

要很窮

要夠慘

嘿嘿嘿，我知道要怎麼畫⋯⋯

我從來不知道匪諜長什麼樣子，但學校老師早已為我們準備好參考圖樣，只要懂得舉一反三即可。

對我們這些庄腳的「小藝術家」來說，學校的保密防諜漫畫比賽，可說是一大盛事。

毛式髮型

毛裝

我一開始先模仿老師提供的圖樣，慢慢學會畫「萬惡的匪諜」。

其實我只是大略聽說了毛澤東的某些惡行，倒是他那特殊的髮型很像個阿嬤。

81

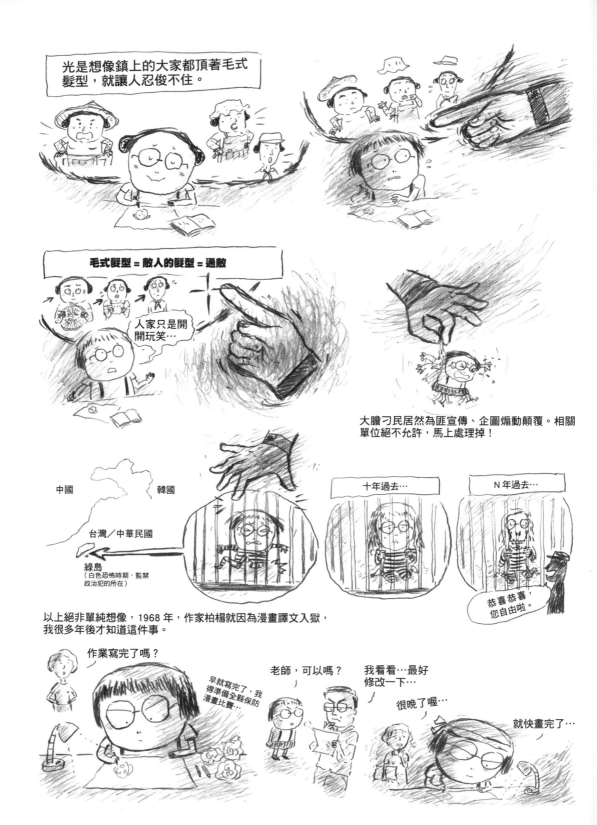

光是想像鎮上的大家都頂著毛式髮型，就讓人忍俊不住。

毛式髮型 = 敵人的髮型 = 通敵

人家只是開開玩笑…

大膽刁民居然為匪宣傳、企圖煽動顛覆。相關單位絕不允許，馬上處理掉！

中國　　韓國

台灣／中華民國

綠島
（白色恐怖時期，監禁政治犯的所在）

十年過去…

N 年過去…

恭喜恭喜，您自由啦。

以上絕非單純想像，1968 年，作家柏楊就因為漫畫譯文入獄，我很多年後才知道這件事。

作業寫完了嗎？

早就寫完了，我得準備全縣保防漫畫比賽…

老師，可以嗎？

我看看…最好修改一下…

很晚了喔…

就快畫完了…

多年後，我才知道，原來中國共產黨跟中國國民黨一樣，都擅長用宣傳的手法對人民洗腦。

只是，以上這些問題，小時候的我從來沒想過。

基督信仰中，聖喬治屠龍殺得理所當然，因為惡龍代表絕對的惡。當西方畫家繪製聖喬治屠龍時，是否曾質疑過圖像的意涵？

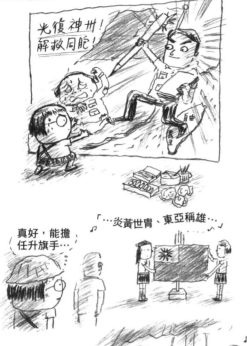

「…炎黃世胄、東亞稱雄…」

真好，能擔任升旗手…

升旗典禮時，所有人都得安靜立正，只有升旗手可以有動作。

他們離國家象徵如此的近，讓人好生羨慕，可惜這樣的好康從來沒有落在我頭上。

從小，我們天天在這面旗子前行禮致敬。
然而，它代表的「國家」，早在 1949 年就被中國共產黨推翻，國民政府流亡逃到台灣，才得以苟延殘喘下來。
而小時候的我，以為全世界的小學生都跟台灣一樣，每天都必須在一面旗子前站上一段時間。

愛國
愛黨

忠於領袖！

做個堂堂正正的中國人！

爸爸，你確定國旗有十二道光芒嗎？

當然囉。

我認真地描摹中華民國國旗。

繪製聖喬治屠龍的畫家信仰應該夠堅定，全然相信教義，那我呢？

我相信學校裡學到的一切。也許我在意的，並非保防漫畫真正的意涵，只要能畫畫、能在無聊的功課外公開畫漫畫，還獲得師長肯定，對小學生的我來說，才真的是再好不過的事。

不論漫畫或其他創作，只要不踩到潛在的紅線，即便解嚴前後，我們依然可以在「自由」中國「自由地」創作。

用哪種口號比較有力？

用哪類背景來襯托？

漫畫人物該用哪些道具？

什麼樣的漫畫人物能讓圖畫效果更聳動？

自由民主門面

國際形象

叛國者

純屬個人消遣

拜保防漫畫比賽之賜，我贏得了許多精美鋼筆，上頭還刻著我的名字。我從不使用這些筆，我真正在意的，是藝術創作。

德國導演利芬斯達勒（Leni Riefenstahl）曾為希特勒執導納粹宣傳影片，倡導亞利安種族的優越性。

她當年是否也曾認為，自己只是純粹為藝術奉獻，無關政治？

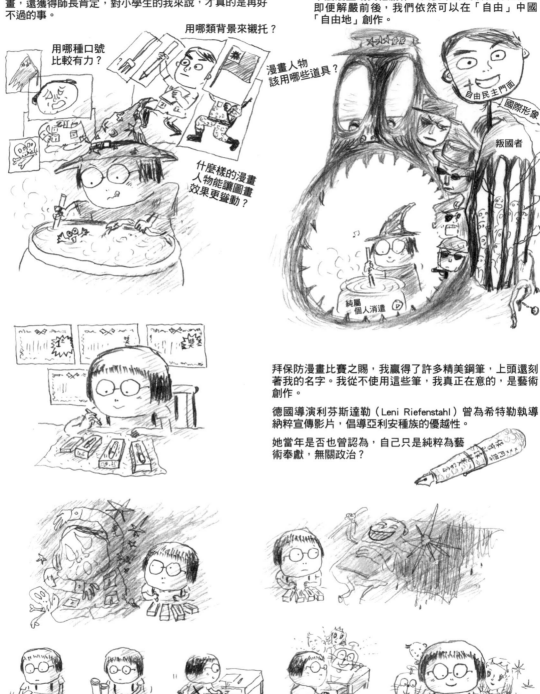

5

選舉鄉野傳奇：
開票停電篇

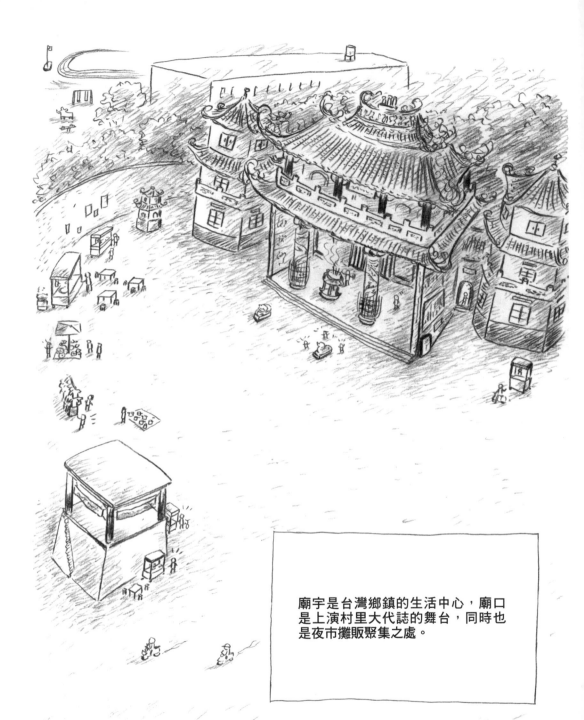

廟宇是台灣鄉鎮的生活中心,廟口是上演村里大代誌的舞台,同時也是夜市攤販聚集之處。

老家廟口前有座康樂台，廟方會邀請歌仔戲班或布袋戲團演戲謝神，凡人順便沾光欣賞。

選舉時期，康樂台上則會演出另一種「戲碼」：選舉造勢晚會或政見發表會。

夜市小吃攤自然不會錯過賺錢的好時機，因為有人潮就有賺頭。

海報、看板與旗海…候選人無不使出渾身解數，好讓選民記住他們。無人可以逃過選戰宣傳的疲勞轟炸。

選賢與能

選賢與能

小姐，借問公投票箱在哪裡？

在那邊啦…

多謝…

態度真奇怪，好像不希望我投公投票的樣子。

阿水嫂，投公投票了沒？

無ㄋㄟ，投票所的人不太願意告訴我哪裡投票。

我找不到投票箱,糊裡糊塗地走出投票所,他們就說我不能再進去投票了。

看吧,我們可以投票,也有公投,可是,就算民主了嗎?

投票所工作人員原本應該嚴守行政中立,可是事實上有些人明顯的不當一回事。

我繼續活在兩個相互矛盾卻又同時並存的世界裡…

民主
⇩
人民做主

民主就是
選賢與能…

選戰消息

第三台

做個活活潑潑的好學生,做個堂堂正正的中國人。

國小作業簿

作業簿背後有動聽的字句…

另外一個世界並不完美,卻更真實。

某候選人又在灑錢了啊?大家實在不知死活,一旦選上,他不會想 A 錢回本嗎?

「選舉無師父,用錢買就有。」這句話到現在還是沒變啊。

如果某候選人當選,黑道馬上漂白,金害…

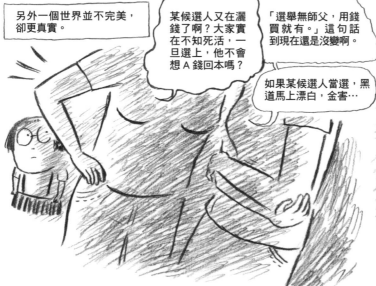

現在已不再聽說開票停電之類的選舉怪譚了,但顯然依舊有許多見不得人的事情,在黑暗中悄悄進行…

6

漫畫無路用

一九八三年,我到另外一個
鄉鎮讀書,這所國中以高升
學率著名。

早就叫你
動作快點

(碎碎唸…)

我走囉…

米

時間寶貴,拿來唸書才
是正道,發呆可不行…

學生離開家鄉,唸外地的名校才能出人頭地,
大人也一樣,得出外工作。

林邊國中

往高雄

從國中起,我就很少再見到
國小的同學,大家各有自己
的人生之路。

我們通常利用通車時間補眠，或者溫習小考內容。國中就像高中預備班，每天都有著上不完的課程與考試。

屏東縣立國中

每天上學像上戰場…

老師說趕快把參考書藏起來，督學今天會來檢查！

這樣啊。

快點把參考書藏好！

點名簿

督學

可以了，我們走吧。

你們還是等督學離開，再把書拿出來。

我當初選擇就讀這所學校，其實是為了美術實驗班，結果事實出乎我意料。

哇，我們有金牌老師加持耶。

第一志願

有他在，我們一定可以上第一志願的！

原來對這所升學名校而言，美術班的美術
課只是點綴。不過老師們還是很認真。

最傷腦筋的是國畫課。對我而言，畫畫就是暢快的自
我表現，但國畫課感覺上只是一味拷貝既有的圖樣，
沒什麼可以揮灑的空間。

國畫課

國畫執筆的
方式跟書法
一樣…

水墨畫譜

竹子

梅花

你畫得真好…

哪裡。

只要耐心臨摹畫
譜，你也可以做
得到喔。

可是我們在台灣看到的
景色，跟國畫畫譜不一
樣，你怎麼還是畫得出
來呢？

用點想像力就好啦。

就像你畫保防漫畫一樣，誰都不清楚中共與毛澤東到底是什麼樣，可是我們依然可以畫出想要的效果啊。

椰子樹　　　木瓜樹　　　蓮霧　楊桃

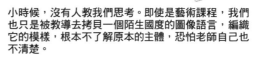

我不懂，為什麼我們不用國畫技巧來描繪我們亞熱帶島嶼上的景緻呢？

我們用著外來的圖像語彙，在島上描繪著一個陌生的國度：**中國**。

小時候，沒有人教我們思考。即使是藝術課程，我們也只是被教導去拷貝一個陌生國度的圖像語言，編織它的模樣，根本不了解原本的主體，恐怕老師自己也不清楚。

多年來，島上建構出一個奇特的「中國」，要所有台灣人跟著行禮如儀。

2003 年，中國

原來小時候「國畫」課，老師要我們反覆練習的圖像，真的就是長這樣的啊。

還好，除了室內課程，還有戶外寫生，讓我們可以直接感受戶外風景多變的光線與色彩。

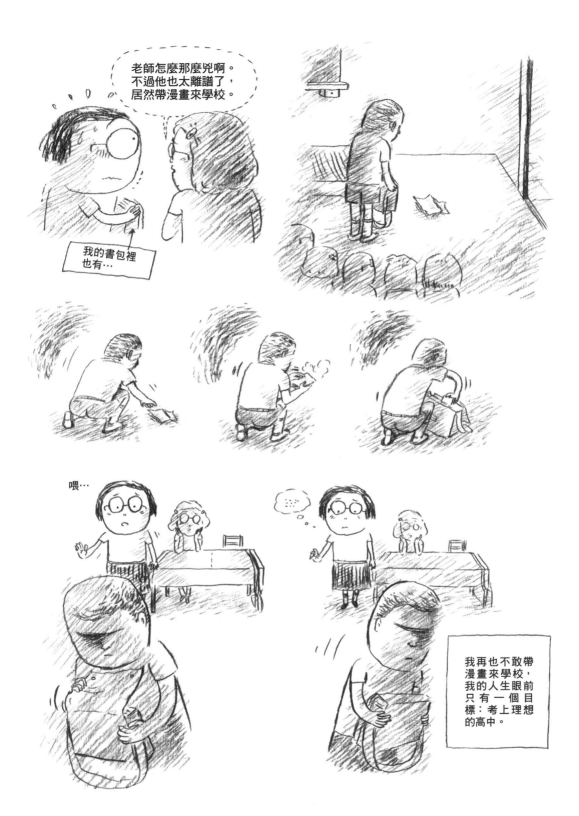

7

永別啦，總統先生

那天晚上，餐桌上出奇地靜默。

以往，我們家總是邊吃飯邊配話，政治一直是熱門話題。

蔣介石
我可是當了二十五年的總統呢。

蔣經國
比起老爸，我略遜一籌…

中國
專制中國
自由中國
中華民國

長達三十多年的戒嚴令解除了，「英明萬能」的總統剛去世，獨裁政權真的結束了嗎？我們真的可以從此放心地在外發言論，不需偷偷躲在家裡批評了？

1949年以前，蔣家在中國呼風喚雨，勢力龐大。

1949年中國共產黨擊潰國民黨政權，蔣家父子避難來台。

台灣成了他們最後的避風港，他們要全面掌控。

自由中國

暫居台灣

唉呀

民主　自由

拜冷戰之賜，蔣家政權得以在台生存下去。他們對外宣稱台灣是「自由中國」，然而自由與民主只是擺著好看的裝飾品。

蔣家政權

媽媽經歷過那個風聲鶴唳的年代，為什麼卻對小蔣去世的消息無動於衷？

2008

政府施政令人難以信服…

看到蔣經國總統的照片，馬總統非常感動…

馬總統曾任經國總
統秘書…

需要幫忙嗎?

好啊。

媽,二十多
年前小蔣去
世,我趕回
家告訴你,
你為什麼毫
無反應?

你還記得啊。那有什
麼好驚天動地的,他
跟我們一樣,不
就都是人。

我還有其
他事呢。

中華民國
台灣
(被蓋在底下)

蔣

蔣

不過,台灣還是有人以為
蔣家父子是台灣的救星。

完了，台灣沒救了！

當「民族救星」去世，那些人自然頓失依靠，完全忘記了人民有權自決⋯

蔣公紀念郵票

我年輕的時候也跟大家差不多。老蔣去世時，全國上下都像死了父母一樣。靈車經過之處，焚香跪拜，我自己也買了紀念郵票。

小心收好這些雜誌，別給自己找麻煩⋯

給蔣總統的建言　民主與人權

我最愛吃阿婆與媽媽親手做的艾草粄⋯

還好我沒有一直被蒙在鼓裡。讀了黨外雜誌，我才知道台灣人的基本民權如何被剝奪了，我便默默期待獨裁政權早日垮台。

啊，艾草粄熟了。

快去做功課，待會兒就要吃飯了。

媽媽在戒嚴底下生活了三十多年，以至於到現在，她從不放棄投票的機會，也積極參與社會運動。

獨裁者與所有公民一樣，都只是一介平民——她如此回敬他們。

……未完，待續……